作者简介

倪罗桥 广东肇庆怀集县人。肇庆作家协会会员，县文联委员、作协副主席。1963年出生，大学毕业。现在怀集县委党史研究室工作。

红色诗篇

国民阅读经典

倪罗桥　著

红色之梦充满诱惑和激情，充满希望和挑战

本书是一杯香茗，散发着一阵幽幽的清香，令人神清气爽。

中国文联出版社
http://www.clapnet.cn

图书在版编目（CIP）数据

红色诗篇 / 倪罗桥著. --北京：中国文联出版社，2017.7

ISBN 978-7-5190-2851-0

Ⅰ. ①红… Ⅱ. ①倪… Ⅲ. ①诗集—中国—当代 Ⅳ. ①I227

中国版本图书馆 CIP 数据核字（2017）第 143872 号

红色诗篇

作　　者：倪罗桥

出 版 人：朱　庆

终 审 人：奚耀华　　复 审 人：蒋爱民

责任编辑：胡　笋　　责任校对：傅泉泽

封面设计：中联华文　　责任印制：陈　晨

出版发行：中国文联出版社

地　　址：北京市朝阳区农展馆南里 10 号，100125

电　　话：010-85923039（咨询）85923000（编务）85923020（邮购）

传　　真：010-85923000（总编室），010-85923020（发行部）

网　　址：http：//www. clapnet. cn　　http：//www. claplus. cn

E - mail：clap@ clapnet. cn　　hus@ clapnet. cn

印　　刷：北京天正元印务有限公司

装　　订：北京天正元印务有限公司

法律顾问：北京天驰君泰律师事务所徐波律师

本书如有破损、缺页、装订错误，请与本社联系调换

开　　本：710×1000　　1/16

字　　数：234 千字　　印　张：13

版　　次：2017 年 7 月第 1 版　　印　次：2017 年 7 月第 1 次印刷

书　　号：ISBN 978-7-5190-2851-0

定　　价：68.00 元

红色之梦

有梦，才有希望，才有未来。逐梦路上，曾经洒下的一串串汗水，留下的一道道脚印，已化作了一行行诗篇。

人生路上，我们曾不停地编织着梦想。有的，业已成真。有的，已成泡影。有的，仍在路上。如：我的红色之梦。

红色，在中国，代表喜庆与祥和，代表热情与奔放，代表奋斗与辉煌。她象征着中华民族的吉祥如意，是中华民族几千年历史文化的沉淀，是中华民族的品格和精神。中华儿女喜爱红色，钟情红色，希冀红色，因而诞生了闻名海内外、享誉全世界的中国红。

中国共产党成立后，她在全国人民面前，树起了用镰刀和铁锤镶嵌的红色旗帜。她反映了广大工农大众的心愿，表达了广大人民的心声，也表明了中国共产党的奋斗目标。正因为如此，中国共产党才凝聚了社会的广大力量，吸纳了无数的有为青年及仁人志士，投入到她的怀抱，使她迅速发展壮大，由小变大，由弱变强，带领广大劳动大众推翻了压在人民头上的“三座大山”，取得了中国革命的胜利，建立了新中国，人民成了国家的主人。中华人民共和国成立后，中国共产党在天安门广场又高高举起了鲜艳的五星红旗。经过艰苦的奋斗，人民过上了安定祥和的日子。中国人民在中国共产党的带领下，正朝着富强、民主、文明、和谐、幸福的小康社会迈进，并为实现中华民族伟大复兴的中国梦奋斗。

20世纪60年代，我降生到这块充满活力、朝气蓬勃的红色土地上。红色的歌声、红色的乐曲陪伴着我成长。在成长的路上，我读红色书籍，看红色影片，立定一颗红心，争当共产主义的接班人。走上工作岗位后，在三尺讲台上，我开始传道授业。十多年的教书生涯，我讲红色历史，讲红色故事，把一颗红心传递给年轻的一代。之后，我又潜心钻研中国共产党的历史，挖掘红色历史的宝藏，撷取红色历史的精髓，存史资政育人。这些年来，我不停地奔走在红色的道路上，沿途所见所闻所感，令我心潮澎湃、热血沸腾。一幕幕波澜壮阔的历史画面，一件件震撼人心的历史事件，一个个卓尔不凡的历史人物，不断地闪现在脑海中。我情不自禁地拿起一支秃笔，尝试着把脑海中的闪念书写下来，经年的耕耘，积累了一摞浅行的红色诗稿。今天，我把它们汇聚一起，编辑成书，取名《红色诗篇》。同时，把近年来对现实生活的所见所闻所感创作的一些绿色诗行收录进去，丰富了书中的内容。借此抛砖引玉，与大家交流、切磋，望行家和读者多加指点，借此提高自己的文学水平，增强自身的艺术功力，以期在这条道路上，走得更好，走得更远。

该诗集分四个篇章。第一篇，火红年月。第二篇，红色诗篇。第三篇，绿色诗行。第四篇，往事如烟。红色诗篇是本书的主调。把中国共产党领导中国人民进行轰轰烈烈革命斗争的重大事件，用充沛的激情讴歌革命先烈为了革命的事业、人民的解放，不畏难险，不屈不挠，英勇奋斗，视死如归的革命精神和高贵品质，以诗歌的文学形式反映出来。本诗集，感情真切，语言朴实、流畅。虽称不上琼瑶，沁人心脾，但却是一杯香茗，散发出一阵幽幽的清香，令人神清气爽。

红色之梦充满诱惑和激情，充满希望和挑战。红色之路艰辛而曲折，但我仍初心不改，矢志不渝，将坚持不懈地追逐下去。

作者

2016 年 10 月

目 录

CONTENTS

红色之梦 …………………………………… 1

第一辑 火红年月

长征之歌 …………………………………… 3
七月遐思 …………………………………… 5
八月的心声 ………………………………… 7
十月的情怀 ………………………………… 10
丰 碑 ……………………………………… 12
梦牵先行者 ………………………………… 13
阅江楼上“铁流”涌 ………………………… 15
祭英魂 ……………………………………… 17
握 手 ……………………………………… 19

第二辑　红色诗篇

铁骨铸忠魂 …………………………………… 23
魂归何处 ……………………………………… 41
一个革命者的足迹 …………………………… 57
平山岗上红旗飘 ……………………………… 82

第三辑　绿色诗行

2016　雪飘怀岭 …………………………… 99
黄姚怀古 ……………………………………… 101
梦回湘子桥 …………………………………… 103
铁流滚滚 ……………………………………… 106
守　岁 ………………………………………… 108
过　年 ………………………………………… 110
红棉花开 ……………………………………… 112
舞动的秋叶 …………………………………… 113
鼎湖山告白 …………………………………… 115
相约太平桥 …………………………………… 117
与你同行 ……………………………………… 119
月圆思乡 ……………………………………… 121
我"敢"言 ……………………………………… 123
你和我 ………………………………………… 125

海之子 …………………………………………………… 128
清明随感 ………………………………………………… 130
劳动者之歌 ……………………………………………… 132
致“劳模” ………………………………………………… 134
圆明园 …………………………………………………… 136
汨罗江魂 ………………………………………………… 138
别了,忠实 ……………………………………………… 140
忏 悔 …………………………………………………… 142
又闻粽香 ………………………………………………… 143
激情六月 ………………………………………………… 144
美丽的背后 ……………………………………………… 146
七 夕 …………………………………………………… 148
雨 夜 …………………………………………………… 150
夜,最懂黑白 …………………………………………… 151
耕 夜 …………………………………………………… 153
今夜无眠 ………………………………………………… 155
为中国女排喝彩 ………………………………………… 157
感恩九月 ………………………………………………… 159
中秋赋 …………………………………………………… 161
酒 樽 …………………………………………………… 162
燕之舞 …………………………………………………… 164
天眼闪亮 ………………………………………………… 166
深山凤凰 ………………………………………………… 169

朝阳与落日 …………………………………………………… 171

第四辑　往事如烟

追逐梦想 …………………………………………………… 175
打泥仗 ……………………………………………………… 179
人欢·水跃 …………………………………………………… 181
同桌的你 …………………………………………………… 183
队部里的灯光 ……………………………………………… 185
一支笔 ……………………………………………………… 187
老支书 ……………………………………………………… 189
煤油灯下 …………………………………………………… 191
故园已矣 …………………………………………………… 193
家乡的泉水 ………………………………………………… 195

第一辑

火红年月

长征之歌

——红念中国红军长征胜利 80 周年

回眸八十年
世界拭目以待的那面红旗
胜利插上了陕北的高原
二万五千里的跋涉
跨越了八十个春秋
当年的壮举
铸造了今天的辉煌

红旗卷起信念
冲破了千层浪
踏平了万重山
无数红军将士的接力
革命的旗帜
更鲜艳

雪山融化
是你豪情的燃烧
绿草如茵
是你鲜血的浇灌
沟壑通途
是你身躯架设的桥梁
你的种子
遍地开花
你的声音
激荡世界

号角又吹响
旗帜在招展
新的征程已起航
举国上下
踏着十八大的路线
为中华民族
伟大复兴的中国梦
开始了新的长征

（2016 年 10 月 17 日《中华诗歌网》）

七月遐思

七月
南湖的红船
掀起惊天波澜
劈波斩浪
将深重灾难的中国
带出黑暗
推进四海　走向世界

七月
大地丰盈饱满
勤劳的双手挥动镰刀
收割沉甸甸的喜悦
千钧的巨臂抡起铁锤
锻造钢铁般的时代
镰刀与铁锤

齐心创造
伟大的中国梦

七月的天空
阳光热情奔放
大地流光溢彩
脑海
澎湃着红色的记忆

七月
你的豪迈与激情
壮丽与辉煌
唯有赤诚的心
才会读懂
产生共鸣

（2016 年 7 月 11 日《中国诗歌网》）

八月的心声

八月的第一个拂晓
南昌城传出的枪声
清脆、响亮
划破了沉重的夜空
惊醒了沉睡的梦境
这是正义的宣言
人民的呼声
这枪声
拉开了八月的帷幕
开创了历史的新篇

南昌城的枪声
拉出了一列革命的军队
诞生了一支人民的子弟兵
这是一支所向披靡的军队

是护卫美丽疆土的钢铁长城

这支军队
曾经
让气焰嚣张的国民党百万精兵
土崩瓦解
令不可一世的五星上将
门前折戟
叫虎视眈眈的豺狼
闻风丧胆
她举起的和平旗帜
赢得世界的敬仰

当今世界　风云涌动
霸权主义阴云不散
强权政治阴风阵阵
面对邪恶
忍让　换来的是更大的伤害
面对强权
妥协　招致的是更大的屈辱
唯有强大与强硬
才能维护尊严
获得安宁

享受和平

枪杆子里出政权
这是血与火的教训
枪杆子里有和平
这是现实的忠告

（2016 年 8 月 2 日《中国诗歌网》）

十月的情怀

十月
秋天里
一颗璀璨的明珠
辉映得大地
流光溢彩

十月
天安门城楼
人民领袖的强音
经久不息
天安门广场
五星红旗
高高飘扬

十月
神州大地
呈现出一轴崭新的画卷
黄河之水奔腾不息
长江波涛滚滚向前
嫦娥在蓝天翩跹
蛟龙在四海畅游
“和谐”的乐曲
响彻三山五岳

十月
累累的硕果
筑起了
共和国金碧辉煌的殿堂
件件惊世创举
树起了
世界瞩目的丰碑

（2016 年 10 月 8 日《中国诗歌网》）

丰　碑

——纪念中国人民抗日战争胜利70周年

七十年前事，历历在眼前。
九一八枪声，让睡狮惊醒。
卢沟桥炮声，令巨龙咆哮。
呐喊响云霄，战鼓擂大地。
四万万同胞，奋起筑长城。
三千万儿女，鲜血埋强盗。
百年耻辱雪，千年国威扬。
七十年峥嵘，贫弱变强盛。
七十年嬗变，旧貌换新颜。
莺歌与燕舞，一派欢乐景。
和平的阳光，背后有阴影。
强国与强军，才屹立不倒。
历史的启示，切记在心中。
英烈齐树立，民族的丰碑。
五千年铸就，华夏文明史。
睡狮已觉醒，巨龙在腾飞。
同心奋拼搏，实现中国梦。

（2015年8月）

梦牵先行者

——纪念孙中山诞辰150周年

你是华夏出土
西洋锻造的一门火炮
辛亥的一声巨响
百万清兵溃不成军
百年皇城灰飞烟灭
千年帝制土崩瓦解
你“三民主义”的旗帜
迎风飘扬
从此换了天地

荡涤了帝制
共和思想深入人心
你高悬“天下为公”的明镜
昭示世人

国民党
称你国父
却背弃了你的宗旨
共产党
尊你为革命的先行者
实践了你的诺言
思逝者看今朝
中华民族的百年梦想
指日可待

（2016 年 5 月 17 日《中国诗歌网》）

阅江楼上“铁流”涌[1]

——纪念叶挺独立团成立90周年

滔滔西江水
淬成滚滚铁流
披荆斩棘横扫千里
铸造了“铁军”的威名
叶挺独立团
如劈波斩浪的剑锋
似开山辟地的刀刃
取汀泗桥
克贺胜桥
武昌城飘扬的旌旗
映红了半壁江山
这是一支共产党的部队
灵魂里游动着红色的精气
这是一支人民的军队

体内流淌着红色的血液
这是一支钢铁般的兵团
有铁的意志　铁的纪律
当年
独树一帜的幼苗
汲取了
大地的风霜雨露
今天
茁壮成
威武雄壮的擎天大树
沧桑九十载
独立团
威风不减
威名犹在

注：①阅江楼，位于广东肇庆市西江河畔。叶挺独立团团部旧址。现为叶挺独立团纪念馆。

（2015 年 11 月）

祭英魂

——写在烈士纪念日

穿越枪林弹雨
踏过刀锋浪尖
经受了血与火的洗礼
你们相约
这个光荣的日子

我们
用最美的辞藻
编织成
虔诚的花篮
敬献给你——我们伟大的烈士
你的英魂
拨开迷雾
让阳光普照

你的热血
滋养着大地
生机盎然

你们昨天的奋斗
换来了今天的辉煌
明天
是普天同庆的日子
在此
我们为烈士举杯祈祷
英灵安息
国泰民安

烈士虽去
烈士的英魂不灭

（2016 年 9 月 27 日《中国诗歌网》）

握　手

——“习马会”有感

太平洋最深
不如同胞的情深
太平洋最浓
不如亲人的血浓
海峡最宽
也阻隔不了
智慧者的跨越
穿越六十六载的风雨
伸出两双巨手
把过去、将未来
紧紧地握在一起

拨开乌云见阳光
踏平巨浪见晴天
相互一笑

泯去世纪恩仇
双手紧握
共谋百年大业
无数颗心
为这一刻跳动
千万双目光
为这一天期盼
所有的镜头
为这一幕聚焦

打断骨头连着筋
海峡两岸
同胞的情、亲人的血
风刮不断、雨冲不淡
踏着两岸的热土
他们手握手
我们心连心
合力书写过去
齐心谱写未来
为中华民族立碑
为华夏子孙立传

（2015 年 11 月 7 日）

第二辑
红色诗篇

铁骨铸忠魂

——纪念邓拔奇烈士[①]

一

滚滚的硝烟
已散去
隆隆的炮声
已沉寂
烈士的铁骨
已化作春泥
哺育着大地万物
烈士的忠魂
已化为英灵
激励着子孙后代

二

一九〇三年六月
一声啼喊
清脆、响亮
划破了漫漫长夜
妖魔惊悚
鬼怪逃遁
从此
高富村打破平静
怀岭大地在苏醒

望着一双双期待出类拔萃的
目光
看着一张张期望创造奇迹的
脸庞
初为人父的父母
灵机一动
为孩子取名
“拔奇”

那一刻
你开始了

在风雨中，跋涉
在人生中，书写传奇

三

有父亲（邓若星）
那一颗若隐若现的星星
照耀
你幸福、快乐
长夜里
你不会迷路
不会孤单

亲人的期望
家族的荣光
全寄托在你身上

他们倾其所能
让你入私塾
送你进学校
助你上大学
希望你成为
不凡之才

你
不负众望
开启了不凡的人生
你
擎起红旗
与土豪劣绅作对
与国民党为敌
与社会不公、不平斗争

四

莽莽大山
阻隔不断
你锐利的目光
重重雾霾
困迫不住
你沸腾的思绪
厚重的沉渣
窒息不了
你涌动的心潮
你以
坚不可摧的信念

顽强执着的意志
无所畏惧的气概
青春勃发的活力
追随
马克思主义思想
共产主义目标

五

你
高举“反帝反封建”的大旗
站在青年运动的
风口浪尖
与全国青年学生一道
抗争、呐喊

你
将风潮
引入沉寂的
怀岭大地
成立了
“大中华民国学生爱国总会怀集分会”
率领怀集的进步师生

融进
浩荡的洪流中
壮声势
强力量
逼帝国主义就范
令腐败政府垂头

六

你是
怀集青年的翘楚
学生运动的领军人
在如火如荼的广州
组织“怀集留穗同学会”
出版《怀集青年》
撰写《告怀集青年》书
抨击帝国主义
打倒封建军阀
唤醒怀集青年
投身革命
改造世界
改变命运

郑作贤、梁蕴石、梁仲琛、邓卓奇
一批有志、有为青年
在你的感召下
毅然走上
时代的前沿
与黑暗、丑恶
作坚决的斗争
展现了怀集青年的
信念和决心

七

一九二四年冬
你在
鲜红的党旗下
自豪地举起右手
庄严地宣誓
为共产主义事业
为人类的解放
为中华民族的复兴
抛头颅、洒热血
鞠躬尽瘁、奋斗终生
从此

跟着中国共产党
为无产阶级革命事业
战斗到底

你是
党的优秀儿女
党的骨干分子
革命事业的中坚力量
我们党
因有你们
旗帜
更加鲜艳
形象
更加鲜明
事业
更加兴旺

八

你是
农民的启蒙者
农民运动的先驱
农村革命的先锋

你把革命的种子
撒播在
两广农村的大地
用革命的阳光雨露
哺育它
发芽、成长

在家乡怀集
你卷起了农民运动的风潮
一九二五年冬
成立了“甘洒高富村农民协会”
那一刻
你站在高高的舞台上
振臂高呼
“打倒土豪劣绅”
“减租、减息”
“耕者有其田”
全场欢声雷动
声浪振聋发聩
地主心惊
土豪胆战
广大贫苦农民
昂起了头

挺起了腰
心中有了底气

在广西平南县
你开办青年农民训练班
宣传革命思想
培养农民骨干
在浔州四属（桂平、平南、贵县、武宣）
组织农军
武装反抗国民党的镇压和屠杀

在平南县劳五区
你发动和指挥了
农民暴动
牵制了敌军
声援了广州起义

九

在白色恐怖面前
你不畏惧、不退缩
在两广大地
沉着、冷静

与敌特周旋
机智、勇敢
跟反动派较量

在最险恶的环境
在最艰巨的地方
你肩负着党的重托
人民的重任
挑着担子
在泥泞中前进
在崇山峻岭中穿行
建立起党的组织
凝聚起党的力量

十

你是
敌人心腹的
一颗“毒瘤”
侵蚀其机体
消耗其机能
让敌人惊怕
令敌人痛恨

他们
使出一切毒招
费尽浑身解数
欲除之而后快

在家乡——怀集
你
险被国民党捉拿
幸得乡亲庇护
得以脱离险境

在敌人心脏——梧州
你
被困地委隅所
在大敌当前
你镇定自若
略施妙计
假扮
打入共产党内部的敌特分子
手持士的棍
嘴含烟斗
一边命令小卒
咬住共产党分子

一边大摇大摆
在敌人眼底下
悠然自得地
离去

在敌特严密监视下的
梧州旅馆
你以冲凉房的灯光和水声
迷惑敌人
转移视线
在插翅难飞的困境里
改头换面
从后门
悄无声息地消失得
了无踪影

十一

你
怀揣党的密诏
跋山涉水
克服重重障碍
闯过道道关卡

从香江辗转到右江
把党的指示
军委的指令
带到红七军

在红七军
你和
改革开放的总设计师——邓小平
共商国策
共谋国事
在艰难岁月中
你们建立了
深厚的革命情谊
共事虽短
情谊却永存

十二

天妒英才
人仰英灵
巍巍大南山
幽幽烈士陵
邓拔奇烈士

静静地长眠在
这片英雄的
红色土地上

为了革命事业
你
长年累月
奔波在穷山恶水间
健硕的身躯
已累成
形消影削
但是
你坚强的意志和毅力
撑起了这副羸弱的身子
坚持战斗

当灾难降临
你毫不示弱
拖着病躯
在敌人
重重的围剿中
冲锋在前

在生死关头
你
断然婉拒了
同志们的劝阻
毅然留在第一线
指挥

敌人的扫荡
一波强于一波
你的处境
一阵险比一阵
但你以死夙愿的心
已决

你带着余部
白天
隐蔽在密林
夜晚
伺机出击
你用革命的理想
鼓舞士气
用革命的信念
激发斗志

面对
敌人的利诱
你嗤之以鼻
以枪声
回敬他们的
礼遇

十三

天若有情
人不老
地若有怨
无万物
壮志未酬
人已去

一九三二年十月
党的优秀儿子
年仅二十九岁的邓拔奇同志
泪洒东江
血染大南山
魂断天涯路

你是
一名出类拔萃的
革命青年
一位充满传奇的
革命烈士
你
短暂而光辉的一生
奉献给了
党的事业
奉献给了
广大劳苦大众
你的功绩
将彪炳史册

注：①［邓拔奇］1903年6月4日生于怀集县屈洞乡高富村（今甘洒镇永富村），1932年10月牺牲于潮（阳）普（宁）惠（来）三县交界的大南山，年仅29岁。他是早期两广革命的组织者和领导者之一，农民运动的先驱。1924年加入中国共产党，先后担任过中共广西地委书记、中共广西特委书记、中共中央南方局代表、中央特派员、中共广东省委委员、秘书长。1932年春，到东江特委任组织干事和秘书，在大南山苏区开展武装斗争。

（原载2015年10月《历史的回音》，略有改动）

魂归何处

——缅怀钱兴烈士①

一

曙光初现
黎明将至
胜利的号角
已吹响
在大地欢欣鼓舞的时刻
你走了
走得无声无息
走得无影无踪
走得令人哀伤
叩问苍天
你
魂归何处

二

这里
历来不缺文人墨客
这里
是孕育诗一般人生的地方
这里
是凤凰南飞的栖息地
你
诞生在诗人洞天的宝地
注定了
你一生的
不同凡响

三

你志存高远
不辞万里
奔赴广州求知求学
在知用中学
你孜孜不倦地汲取
文化知识

在中山大学
你如饥似渴地寻求
进步思想

四

“九·一八”枪声
点燃了北方的烽火
卷起了南方的风暴
你扛起抗日救亡大旗
冲在前沿
率领着爱国学生
振臂高呼
“打倒日本帝国主义”
“消灭日寇”
你立下救国志
许下兴邦愿
加入革命组织
“中国青年同盟”
宣传抗日思想
组织抗日力量
开展抗日斗争
在党的感召下

一九三六年冬
你投入了
中国共产党的怀抱
成了
进步组织的核心人
充当了
时代洪流的急先锋

五

“七·七”卢沟桥炮声
打响了中华民族
艰辛的八年抗战

厦门，这座滨海城市
不出一年
即落入了鬼子的魔掌
惨遭肆虐
你
痛失领地
却坚守岗位
与敌人顽强斗争

你潜伏在日寇身旁
与虎做伴
与狼共舞
身处险境而不惊
在严酷的境地
开展艰辛的工作
组织抗日团体
团结抗日力量
开辟抗日战线

在闽南
你站在
漳州中心县委宣传部的
《前哨报》阵地
以文字为匕首投枪
轰击侵略者
敲打汉奸、卖国贼
痛骂投降派
以满腔的热情
颂扬爱国抗日
积极争取
华侨、华人、侨眷、侨属
同心同德驱除倭寇

六

你的革命情怀
让人敬仰
你的革命精神
让人敬佩
你的革命品德
让人敬重
在革命路上
你播下了革命种子
在人生路上
却收获了爱情的果子

你与夫人邹冰
志同道合
在革命的风雨中
同舟共济
休戚与共
狂风打不散
你们的心
雷电劈不开
你们的情

暴雨冲不断
你们的爱
你们情相融、心相印
时光
将你们分开
岁月
却把你们留住

七

一九四〇年
你肩负着党的重任
顶着凛冽的寒风
踏进了白色恐怖的
广西大地
展开对敌斗争

国难当前
顽固的国民党
坚持抑共政策
中国共产党
在夹缝中
顽强地谋生存、求发展

在甲天下的桂林
你
“游”古迹
“赏”美景
把党的声音
传遍全城
把党的话语
嵌入心坎
让党的血液
在城乡中
流动

八

敌特的鹰犬
嗅出了气味
反动派的爪牙
触到了肌肤
桂林城
寒气迫人
刀光剑影
白色恐怖笼罩全城
一九四七年七月九日

反动当局
逮捕了
桂林城的同志
破坏了
广西省工委机关
危急关头
你处变不惊
指挥着同志们安全撤离
把革命的力量
保存到农村
择机而动

九

此后
你佯装难民
“走难”
钟山县英家乡
躲避在牛垌
潜伏在同志家中
重整旗鼓
再造声势

艰苦的岁月
你和同志们
甘苦与共
边种地烧灰
边开展党建活动
白天劳作
夜晚活动
挨家抵户
察民情、解民意
宣传党的思想
组织党的力量
打造党的根基

在农村
你
感受了人民的苦难
磨炼了自身的意志
坚定了理想和信念
增强了救国救民的决心

十

八年抗战终于胜利

而和平的曙光
却未展现
国共两党的炮声
又打响
你欢欣的心
沉重下来
黎明前的黑暗
更加残酷

你挑起两副担子
中共粤桂湘边区工委副书记
粤桂湘边部队副政委
活动在两广地带
开展政治和军事斗争

在家乡怀集南区
你领导当地武装
举行了武装暴动
打下了国民党诗洞区公所
建立了怀南地区革命政权
——六龙坑乡人民政府

在广宁扶罗口

你指挥了
扶罗口伏击战
缴获了国民党军队
大量的枪械物资
打击了
反动的广宁县政府
振奋了
革命部队的士气

十一

你的“挑衅”
让国民党恼怒
敌人组织了
强大的兵力
向你
疯狂反扑
猖狂“围剿”

部队的心脏——广宁四雍
被挤压得窒息
关键时刻
你毅然接过指挥棒

以书生的微薄之力
抗衡敌人的压顶之势
掩护着部队主力
突出重围

你困在了
茫茫大山
林深不知何处去
天涯何处是归家
你机警地
避过敌人的眼线
在群众的扶助下
渗透敌人的铜墙铁壁
走出了
重重的包围圈

十二

黑夜沉沉
大雨滂沱
你模糊的视野
现出一点
飘忽不定的微光

这一点点的希望
令你振奋
你不顾寒冷、饥饿、困倦
追踪过去

你踉跄地走近亮光
挤进了逼仄的茅屋
迎着你的
是鬼祟的屋主
他的眼神
透出了一丝不祥的预兆
你别无所求
只想歇下脚
烘干衣物
要点果腹之食
你微小的祈求
却换来了
屋主无情的贪欲

其实
你的容貌
你的装束
已显露了你的身价

乡野小民
岂会放过这千载难逢的
发财机会
他以为你找食为由
“邀功”去了
当你醒悟过来
你已
身陷绝境

你机智地逃脱困局
从怀集坳仔的仕儒村
走了
走得如此神速
走得如此匆忙
走得如此疑惑
敌人找不到你
战友、亲人找不到你
你身在何方
魂归何处

十三

烈士走了

走进了
苍茫的怀岭大地
走入了
两广人民的心中

注：①［钱兴］1909年5月生于怀集县诗洞镇凤南村，是抗日战争和解放战争时期广西党组织的主要负责人。1936年加入中国共产党，曾任中共厦门市工委书记、广西省工委书记、粤桂湘边工委副书记、粤桂湘边部队副政委。1948年11月，在怀集坳仔仕儒村突围时牺牲，年仅39岁。

（原载2015年10月《历史的回音》，略有改动）

一个革命者的足迹

——纪念植启芬烈士[①]

一

喜庆的日子
却高奏着动人的悲歌
凄烈的枪声
是惊天的礼炮
人群
从东南西北拥来
为你们闹喜
为你们祝福

天做被、地做床
你们静静躺着
面带安详笑容

任由闹房者喧嚣
从天黑一直不停
闹翻了天
闹亮了地

你们的生命
定格在这场婚礼
你们的青春
终结在黎明的前夜
这一场婚礼
孕育了一个新的世纪
改变了一个时代的走向
改写了一个社会的历史

二

一九三九年春
你迎来了人生的折点
赢得了走出大山
走向外界的转机

祖先牌前
你焚香点烛

默默地许愿
为祖宗争光
为家族争气

跨出了这一步
你的父母想不到
你的人生
会以这种方式
报答他们的恩情
你也意料不到
会用非常的途径
兑现在祖先牌前
你许下的诺言

三

昏沉寂静的校园
那豆大的灯火
通夜闪烁
如茫茫大海上的渔火
若隐若现
借着微弱的亮光
你沉在旧书堆里

看到的
却是满纸的陈词滥调
闻到的是难闻的腐朽
气味熏得你几近窒息
你拼命地拨划
奋力辟开一条生道
满手的划痕鲜血淋漓
精疲力竭之际
一点亮光闪烁
你喜出望外
兴奋不已地奔向亮点
一丝清新的气息
一道闪亮的光明
让你充满了力量
充满了希望

你的手
被一只坚强有力的手
握住
你从狭窄的洞穴中
走出
来到了一个新的天地
你掸去满身的灰尘

睁开晦涩的眼睛
看到了
希望的阳光
闻到了
大地的气息

四

迷茫中
一盏暗红的灯光
点燃了
一颗鲜红的心窝
一个神圣的念头
引爆了一腔火热的激情

新的天地
阳光明媚
绿草如茵
生机勃发
在怀集革命的摇蓝——怀集中学
你
孜孜不倦地学习
锲而不舍地钻研

上下不停地求索
你朴实的思想
在这里得到了升华
你追随共产主义的梦想
在这里得到了实现
在这里
马克思主义者
为你点亮了一盏明灯
你确立了革命的信念
磨炼了革命的意志
涵养了革命的精神

五

心中的革命明灯
照得你心底锃亮
一本发黄的笔记
展示了一个革命者的
心迹

轻轻地拂去风云
翻开尘封的岁月
一摞发黄的书页

一段赤诚的告白
昭示了
一条红色的心迹

这是一个青年
走上革命的心路历程
是一位革命者的
豪言壮语
是一名烈士的
人生强音
是一座奋发的
墓志铭

你每一个字
都是一颗子弹
刺穿了虚伪与虚荣
每一句话
都是一把匕首
直捣腐朽与丑恶
每一篇檄文
都是一阵狂风
横扫乌云与霾雾
你用心血

凝成一股精气
扩散漫延

六

在求索路上
你收获了真理的喜悦
有了信念的激励
在革命路上
你收获了爱情的甜蜜
有了奋斗的动力
你与邓偶娟的爱情
志同道合
充满激情与奔放
街巷城乡
是你们挥洒浪漫的天地
校园诗社
是你们“谈情说爱”的乐园
怀集大地
留下了你们交错的足迹
怀中校园
播下了你们呢喃的蜜语
你们的爱情

在革命的土壤里
沐浴着革命的雨露
你们在革命路上
播下的爱的种子
在烽烟中萌芽
在炮声中升华
在凯歌中挥发出
醉人的芬芳

植启芬和邓偶娟
这对革命的情侣
用爱铺平了
革命道路上的崎岖
用爱挡住了
革命岁月里的腥风血雨
他们以似水的柔情
铸就钢铁般的意志
以爱情的坚贞
履行了对信仰的坚定

七

一九四七年的怀集

黎明前，显得格外宁静
肩负重托的植启芬
踏上了归家路

你的出现
激起了一片浪花
亲人既惊又喜
乡亲奔走相告
在熟悉而陌生的脸庞中
你有了胜利的信心

你挥动旗帜
积风聚雨
凝聚力量
一队翱翔海洋、搏击风浪的
“海燕”
在你的指挥下
翩跹起舞
穿梭在绿海茫茫的密林中
谱写着一曲曲震惊山峦的
英雄乐章

八

夜色如银
清冷的中秋前夜
潇涤的穷乡僻壤
呈现出几分喜庆
东歪西倒的走卒
吐着满嘴胡话
发泄着思乡之愤
一队天兵神将
从天而降
喊杀声
划破了梦乡
十多个兵卒
懵然成了阶下囚
不费一枪一弹
你拿下了永固乡公所

晨光曦微
你们奏着凯歌
惜别依依的民众
会师诗洞

九

凯歌在植魁俊公祠高奏
旗帜在六龙坑上空飘扬
植启芬挑起
怀南抗暴大队永固分队队长的担子
肩负
保卫红色政权的重任
他如精灵矫健的“海燕”
穿梭在
永固、诗洞、桥头、闸岗的深山密林
出没在夜深人静中
扰得敌人寝食难安
惶惶不可终日

短短几个月
你打出了气势
打出了名声
国民党悬出红榜
将你的骄人战功
威武形象
展现在大街小巷　城镇乡村
并出赏两亿法币②

寻找你的行踪
捕捉你归案

县衙门前
热闹过后却门庭冷落
诱人的红榜
遭风吹雨打
早已支离破碎
而邀功者却杳无影踪
狡诈的国民党
押着你的父母做诱饵
穿山过岭
引你出洞
逼你就范
而你
舍小我而存大义

十

一九四八年五月
急风骤雨汹涌而至
国民党在怀集设立
“粤西、桂东联剿指挥部”

以两广十一县两千余兵力
气势汹汹扑向
怀南游击根据地
怀南的红色政权
在风暴中飘摇
身处旋涡的根据地军民
同舟共济，同仇敌忾
展开了艰苦的反“围剿”斗争

敌人的包围圈越收越紧
游击队的空间越来越窄
山雨滂沱，山风刺骨
高山密林
奔突的游击队员
承受着饥寒与窘迫
国民党的坚壁清野
陷植启芬部队于穷途
伤员、减员
令寂静的大山
显得更为凝重
重重的雾霭
迷蒙了前进的方向
纠缠的藤蔓

让前进的道路
更加艰难
搜寻主力的战士
一次次失望而返
寻找粮食的战友
一次次无功而回
枪声在耳畔回响
死亡从头顶飞过
丛林里
敌声不绝于耳

十一

爱情是无穷的战斗力
在异常艰难的困境
在生死抉择的关头
爱情高声呐喊
将馁气赶跑
把勇气鼓起
她在植启芬背后
督战
在邓偶娟侧边
鼓劲

她的激励和支持
革命的情侣
斗志更高
信心更足
他们守望相助
携手前进
视枪林弹雨为等闲
将生死置之于度外
展现了
革命爱情的高洁与高尚

宁死不屈的革命者
是压不垮
挤不了的
植启芬带领着队伍
与穷凶极恶的敌人
周旋厮杀
凭借着熟悉的地形
一次次摆脱敌人的追截
一次次将敌人打得狼狈不堪
鬼哭狼嚎

为掩护大部队突围

植启芬当仁不让
肩负起牵制敌人
掩护同志的使命
生死关头
体现了革命者
忘我的高贵品质

大部队脱离了虎口
植启芬则落入了虎穴
面对敌人的凶神恶煞
植启芬怒目相向
镇定自若
在前有虎豹
后有豺狼的险境中
继续顽强作战

十二

目标的出现
刺激得敌人脑瓜发胀
一张张狰狞的面孔
一对对凶残的眼光
死死地咬住目标

紧盯不放

危难关头
植启芬挺身而出
以牺牲自己
换取同志们的安全
共产党员的优秀品质
让人敬佩
共产党员的高大形象
让人敬仰
共产党的牺牲精神
令人鼓舞
患难与共的兄弟姐妹
却集体抗命
誓言生死共存，血战到底
电闪雷鸣，雷电交加
苍天动容，日月失色
战士们以豪迈的气概
投入了最后的战斗

十三

敌人如恼人的缠树藤蔓

紧箍不放
在窒息的密林中
部队艰难地寻找透气的空间
一场瓢泼大雨
温驯的永固河
霎时汹涌咆哮
暴涨的河水
掐断了部队生的希望
哺育他长大
相依相偎的家乡河啊
却在危急关头
助纣为虐
陷朋友于绝地
充当了家乡的千古罪人

十四

没有硝烟的战场
斗争依然残酷
命运
握在你们的手上
只要放弃信念
就能得到

可贵的自由和爱情
但是
为了捍卫真理
你们放弃了自由
为了坚守信仰
你们牺牲了爱情

植启芬与敌人展开了交锋
敌人——
“你还年轻
若珍惜人生
珍惜爱情
就归顺吧”
植启芬——
“我爱人生
爱恋人
但我更爱真理”
敌人说——
“你是个有为青年
前途无量
死了多可惜啊
只要你轻移脚步走到我身边
你就前途无量”

植启芬——
“别痴心妄想啦
道不同不相为
与你们合作
宁可死不愿活”
革命者的意志令敌人气恼
革命者的气概令人敬畏

束手无策的敌人
以杀鸡儆猴的方法
将植启芬押赴刑场
用战友的头颅和鲜血喝吓
“若不听从，这将是你的下场。”
敌人的狞笑
令植启芬睥视
“这一天，从革命之日起，我早已准备。”
植启芬高昂着头，哈哈大笑
敌人的利诱、威胁和恐吓
吓不倒信念坚定的革命志士
目睹战友们视死如归的泰然
植启芬立定了为革命而死的决然

黔驴技穷的国民党

又转向他的情侣——邓偶娟
企图在她身上寻找突破口
敌人——
“大小姐，你的植队长已归顺，
你不要再执迷不悟啦”
邓偶娟——
“你胡说，他不是贪生怕死的人”
敌人——
“人都是自私的
蝼蚁尚且贪生，何况人呢。
你早日招了，就可早些与他团聚”
邓偶娟——
“你们别白日做梦，我不会上当的
我也不会改变立场”
邓偶娟的坚定
令敌人无可奈何

敌人又抬出了她的父亲
身为国民党党部书记
以断绝父女关系来“营救”
要她回心转意
而她
却大义凛然

宁要真理不要亲情
这就是一个信念坚定
爱情坚贞的革命者

十五

炮火可摧毁一切
战火却不能令爱情消融
植启芬与邓偶娟
这段经历战火洗礼的爱情
更加坚贞和珍贵
他们的爱
淬炼成
大地之爱　苍生之爱

你们的婚礼
隆重而高调
老幼妇孺
夹道送迎
你们昂首挺胸
微笑着
向沿途的群众致意
荷枪实弹的队伍
神色慌张

送行的队列
神情肃穆

刑场上
你们
大义凛然的气概
不屈不挠的志气
视死如归的精神
让“共产党”形象
深入人心

“礼炮”响过
你们的婚礼
凄美地告一段落
年轻的生命
画上了完美的符号
战士用鲜血染红了
爱情的花朵
烈士用鲜血书写了
国民党的末日
新中国的诞生

植启芬与邓偶娟
奏响了一首

悲壮的婚姻乐章
他们用行动
谱写了一曲感人肺腑的
真理之歌
爱情之歌

斯人已去
余音犹在
这段动人的革命爱情
仍悠悠回荡在
蜿蜒的怀岭大地

注：①植启芬：植启芬，怀集永固人，1925 年出生。1947 年春在广宁参加了西江游击队。曾任广德怀挺进队中的“海燕队”队长、怀南人民抗暴大队永固分队队长。1948 年 3 月加入中国共产党。1948 年 6 月被捕牺牲，年仅 23 岁。

邓偶娟，怀集县城人，1924 年出生。父亲曾任国民党怀集县党部书记。1944 年后与植启芬一道开展革命活动，曾任“怀南抗暴大队”永固分队文化教员，1948 年 6 月被捕后，坚贞不屈，于 7 月与植启芬一道在县城被国民党杀害，年仅 24 岁。

植启芬与邓偶娟这对革命情侣，上演了怀集版的“刑场上的婚礼”。

②法币：国民党政府法定纸币。

（2016 年 5 月）

平山岗上红旗飘[1]

一

伴随着
一声声撕心裂肺的枪响
四十五朵山杜鹃
刹那间
在平山岗上
绽放出耀眼的异彩
映出了蓝天
染红了大地

红色的山冈
矗起一座
洁白的碑石
镌刻着

四十五个朴实的名字
四十五名英雄的人物
谱写了
一段峥嵘的烽火岁月

二

一九四五年九月
赶走了倭寇
胜利展现的和平曙光
瞬间又被乌云笼罩
国民党屠刀相向
对准了共产党和人民
在满目疮痍的山河上
挑起了狼烟

硝烟又起
热血再流
黎明前的黑暗
在做垂死的挣扎

钱兴，一名怀集的革命斗士
一九四七年四月

站在广西横县高台上
向全省发出了铿锵有力的声音：
《一切为着准备武装起义而斗争》
动员令
响彻云霄，震惊大地
黎明前的战斗
从此打响

革命的堡垒——怀集特别支部
在风云涌动的大地
悄悄地扎根怀南
危急受命的书记吴腾芳
走家串户
奔走在这块躁动的热土
汇聚星星之火
积蓄革命力量

革命青年植启芬
站在“反内战、反饥饿、反压迫”的队列
发出了高昂的呼声
“起来吧，青年们。
投身革命

为受难的国家
为受苦的大众
推翻国民党的独裁统治。”
热血青年蜂拥而动
纷纷投奔到革命的队列
加入了“海燕”游击队
揭竿而起

此刻
肩挑重任的钱兴
冒着安危
千里跋涉潜回家乡
在诗洞凤南村
设下“和事”宴
摆上“和事”酒
牵手钱、植两家
对饮一笑，泯去恩仇
同心协力，共谋大事

三

一九四七年中秋
阴云密布

夜幕下
盘踞诗洞圩的二十名守卒
困在区公所借酒浇愁
突如其来的喊杀声
把乌云驱散
把明月惊醒
躲进梦窝里的兵卒
惊慌失措
浑身发抖
惺忪的醉眼
望着凛冽的月光哀号

拂晓
胜利的红旗
在永固乡公所上空飘舞
“海燕”队跟“广德怀”部队
会师诗调六龙坑
一九四七年八月十六日
成立了“怀南抗暴义勇队”
一把尖刀插在敌人的心腹

胜利的凯歌在高奏
喜悦的群众在欢呼

无恶不作的地痞恶霸
威风扫地
受尽欺凌压迫的百姓
扬眉吐气
他们纷纷拿起土枪土炮
加入革命的队伍
捍卫革命胜利的果实
革命队伍有了力量的源泉
革命群众有了坚强的后盾

四

这是一个值得庆贺的日子
一个难以忘却的时刻
也是一段永载史册的诗篇
这一天
锣鼓喧天
红旗招展
不是节日胜如节日
一九四七年十二月十五日
诗洞六龙坑的群众
举着漆着红字的牌匾
在琴寮小学门前

虔诚地挂上门楣
左右两旁贴着醒目的对联
左联为：六龙坑民光化日
右联为：共和同庆太平天
肃立门前的特支书记吴腾芳
郑重宣告：
“六龙坑乡人民政府”成立啦
醒狮起舞，鞭炮齐鸣
群情激昂，欢声回荡
挺进队领导叶向荣、林锋
手握枪杆子振臂高呼
誓死保卫红色政权
民选乡长植良臣
庄严承诺：
红色政权
是群众忠实的利益维护者

一袋袋干粮
分派到饥民手中
一块块田地
落实到民众的脚下
理想社会的实景
一幅幅呈现眼前

耕者有其田
平等互助的日子
让百姓奔走相告

红色根据地
成了敌人的眼中钉、肉中刺
他们实行了严密的经济封锁
“红军圩”
应运而生
并充满了生机
集市热闹非凡
圩市人气汇聚　人声鼎沸
货物充盈　财如轮转
萧条中显出了繁盛

五

群众的开心之日
就是敌人难受之时
怀南暴动的炮声
轰得国民党“模范县”的怀集
碎渣遍地
六龙坑红色政权

恨得怀集当局
咬牙切齿
务必将新生的革命政权
扼杀在摇篮

敌人射出的毒箭
一支支折断在革命堡垒
革命的奸细
一拨拨有去无回
国民党的反扑
不但扑灭不了革命的烈火
反而使革命的火焰
越烧越旺
越漫越广

反动的广西政府
暴跳如雷
国民党中央
恼羞成怒
宋子文挂衔督战
在怀集建立“粤西、桂东联剿指挥部”
摧毁怀集游击根据地
剿灭怀南的红色政权

一九四八年五月
暴风骤雨疯狂而至
国民党调集了
两广十一县两千余兵力
气势汹汹
从四面八方扑来
一场“围剿”与反“围剿”的激战
正式打响
这是一场光明与黑暗的斗争
是信念与意志的考验

敌人大山压顶
革命战士擎天立地
面对强敌
革命者的信念高山般坚定
革命的意志钢铁般坚强

六

敌军
使出囚笼困迫手法
困住游击队员

实施移民并村毒策
孤立游击队员
用放火烧山辣招
逼战士就范
险恶的环境
六十名革命战士
以顽强的斗志
藐视敌人嚣张的气焰
以坚韧的毅力
坚守着山头阵地
以灵活的战术
在茂林丛中
与敌军周旋
四十八个昼夜
风餐露宿
与魔鬼共舞
与死神搏斗
六十个战士如一枚枚炮弹
在敌群中
炸开血红的花朵
五十个烈士的汗水
染绿了山野
五十个烈士的鲜血

染红了大地
坚持到底的顽强战士
擦干脸上的泪水
沿着战友的血路
战斗不懈

七

东方的朝阳
穿透浓重的迷雾
亮出熹微的亮光
六龙坑的红旗
迎风招展

晴空突变
乌云罩山
狂风撕裂着松柏
暴雨抽打着孤城
六龙坑
在腥风血雨里坚守
大刀在暴雨中闪烁
土枪与土炮在狂风中炸响
战士用生命

捍卫着
红色土地上飘扬的旗帜

敌人的“囚笼”
越收越紧
革命者的心
愈靠愈拢
他们用信念抗击邪恶
用意志抵挡残暴
用身躯筑起城墙
顽强抗争
直至最后一刻

国民党军队洗劫了
红色根据地——六龙坑村
四十五名革命干部群众
落入了
国民党的魔掌
刑场上
革命者气吞山河
凛然冷对狞笑的敌人
从容藐视死亡的威吓

平山岗响起
四十五声“礼炮”
诞生了一个红色的时代
四十五个高大的身躯
奠定了一座红色的基石
四十五个名字
树起了一座红色的丰碑

八

大地放光彩
松柏傲霜立
鲜艳的红旗迎风飘扬
少先队员
迎着朝阳
肃立在烈士纪念碑前
高歌《我们是共产主义的接班人》
嘹亮的歌声
响彻山冈
传遍大地
红色的足迹
沿着平山岗的道路
蜿蜒前进

注：①平山岗：位于广东怀集诗洞镇健营村的一个山冈，是1947年12月怀集第一个红色政权——广德怀六龙坑乡人民政府所在的地方。1948年6月，国民党反动派对六龙坑革命政权进行了疯狂的围剿，45名革命战士和群众在平山岗上集体被杀。1957年，怀集县人民政府为纪念牺牲的45名革命烈士，在这里修建了革命烈士纪念碑和纪念亭。

（2016年6月）

第三辑
绿色诗行

2016　雪飘怀岭

舞动的冷艳
遇上澎湃的热情
化作一片柔和的云絮
翩跹漫山遍野
这是百年一遇的奇境
千年一见的贵客
莫怪乎
途人夹道相迎
看，2016
怀岭银装素裹
东送紫气
北降祥云
直教人喜上眉梢
这是踏上新征程的兆头
起航吧

踏着瑞雪

奔向沸腾的新起点

（2016 年 1 月《新怀集》）

黄姚怀古[1]

山水甲桂林
风光赛阳朔
黄姚怀古镇

青石板路
嵌满商贾鉴人的
步履
画壁雕楞
刻满集人斑驳的
吆喝
衢巷客似云聚
河道千舸竞流
渡边百货会集

如水乡周庄

酷湘西古寨
喜看游人如鲫

亭阁朗月
尝一口清冽
品一壶香茗
幽思盈怀

注：①黄姚镇，位于广西昭平县，是著名的旅游风景区。

（2015 年 5 月）

梦回湘子桥[①]

久别的思念
待相逢
已然人是物非

与你
相遇在羞涩的年代
相识于纯真的岁月
懂你于相伴的日子

心中的情愫
伏着你呢喃
思念的明月
攀着你凝望
抚着你肌肤
醉拥梦中的情人

枕着你的臂弯
聆听
笔架山的书声
韩江水的涛声
城东门的吆喝声
声声入耳

岁月
卸下纯朴的外衣
时光
添上了传统的华服
你
再现了从前的迷人
湘子桥
在璀璨中迷失
广济桥
在星光下跃现
我却步伫立
凝视
你的雍容华贵

再见了
久违的湘子桥

幸回了

矫情的广济桥

注：①湘子桥即广济桥。位于广东省潮州古城的东门外，初建于宋代，距今已有800余年的历史。广济桥以其“十八梭船二十四洲”的独特风格与赵州桥、洛阳桥、芦沟桥并称“中国四大古桥”。1958年，拆除了十八梭船，改建为三孔钢架及两处高桩承台式桥梁。1988年3月，广济桥被国务院公布为全国重点文物保护单位。2003年10月，广济桥开始进行全面维修，总体按明代风格为修复依据，功能定位为旅游观光步行桥，2007年竣工。

（2014年10月）

铁流滚滚

——致回乡过年的摩托大军

万马齐鸣
呼啸声随风卷起
一股五彩的铁流
穿山越岭
把寒流逼退
将激情燃烧
一声声问候
一句句祝福
盛满大小包裹
紧系在身
生怕寒风掠走
寒冷冰冻

三百六十五个甜酸苦辣

一笑而过
归家的心
却挥之不去
归家的路
载满豪情
洒满欢声
温暖的驿站
为前行的暖流
不断地充电加温

一年四季
春夏秋冬
周而复始
而人生的路
却春水东去
一往直前

（2016 年 1 月《燕岩》）

守　岁

挺在
凛冽的寒风
为着
守候零点的钟声
仰望烟花盛放的时刻
燃烧的热情
把冰冻温暖
期待的目光
把寒夜点亮

此刻
卸下身上的所有
心随时针跳动
从十倒数至始
齐声欢庆

新年的焰火

岁月守不住
时光催人跑
光阴催人老
守住的只有心中的梦想
以及
追随着每一轮朝阳而去的
信念

（2016 年 1 月《燕岩》）

过　年

这是祖宗
留下的一份珍贵遗产
中华民族
几千年历史的悠久传承
辛苦付出了
是歉是收
并不计较
有钱无钱
都要回家过年
父母不图儿女什么
图的是
一家的团圆
有吃没吃
并不要紧
要紧的是

身边有父母的念叨
孩子的嬉戏

（2016 年 1 月《燕岩》）

红棉花开

四月
芳菲将尽
你激情绽放
挽春色大地

独对苍穹
一点点
一丛丛
燃烧
点亮了天际
温暖了人间
余晖
葱茏了满树
绿叶

（2016 年 4 月 11 日《中国诗歌网》）

舞动的秋叶

就算是告别
一样的洒脱
讨人欢喜
像踏上另一趟旅程
依依不舍
又义无反顾

你吸纳了
春的生机
夏的热烈
在秋风中
翩翩起舞
飘逸的舞姿
舞动得秋天
五彩斑斓

褪去绿裳
你在寻觅一种永恒
向大地寻找归宿
甘作春泥
为另一个春天
酝酿

（2015 年 11 月 7 日《新怀集》）

鼎湖山告白[1]

多少次
与你亲密接触
却熟视无睹
并无动于衷
和冷漠无关
与无情不符
你的至尊
我轻微的言辞
难尽你厚重的蕴涵
小家之笔
难描大家的风范

再度投入你怀中
听泉池边
聆听鼎湖的心声

庆云寺旁
感受袅袅的梵音
伟人字侧
沉思历史的沧桑

拾笔凝思
勾勒了你的肖像
录下了我的心音

注：①鼎湖山：位于广东肇庆市。是全国著名的旅游风景区。

（2015 年 6 月）

相约太平桥[1]

秋日
铺开成熟的喜悦
畅怀沃野
我们相约太平桥

驰骋
蓝天白云
一马平川的山冈
宽敞的马路
整洁的街道
清新别致的村居
洗脱了俗世的尘嚣

当年
革命青年聚首太平桥
豪情壮志

投身戎马倥偬的岁月

用热血谱写了太平的乐章

今天

我们聚首太平桥

沐和风甘雨

赏花石奇峰

豪言壮语

用心血谱写了祥和的诗篇

来去匆匆

几许不舍和回眸

留住了美丽与传奇

再见了

风雨太平桥

再回了

祥和太平桥

注：①太平桥：坐落于广东怀集岗坪镇西界庙旁，是广东海陆丝绸之路见证之一。1949 年 5 月，40 多名怀西青年在此集结前往开建（今广东封开）加入绥贺支队，投身革命。此桥具有一定的人文价值和历史价值。

（2015 年 9 月 19 日《新怀集》）

与你同行①

——与《燕岩》之缘②

我们的缘分
天早注定
刚迈步上路
你的背影
已展现我的眼前
那一段时光
我追随着你
心跳时紧时松
步伐时缓时急
一次次跌倒
一次次爬起
没有气馁
没有舍弃
执着地追求

忘了与你牵手那一刻
我的欢欣与鼓舞
只知道
此生我已无法与你分离
我的身心
已托付给你
期望与你
风雨同舟
携手同行
与时代同步
与人民同声
与目标同向
为实现中华民族伟大复兴的中国梦
奋进

注：①《燕岩》是怀集文联主编的文学期刊。

②本文发表在2016年1月《燕岩》卷首语。

月圆思乡

把牵挂捎向远方
将远方的思念
盛满圆月的酒瓮
酿一坛乡醇
请归来的亲人
品尝
饮一杯思念
让满腔的情感
恣意挥发

带上
亲人酿造的香酩
在相思的夜空
面对青天
斟一杯与明月对酌

随月光
醉回故里

别问
明月几时有
酒樽自有莹莹月光
心底自有朗朗皓月

（2015 年 9 月 25 日《新怀集》）

我“敢”言

——屠呦呦获“诺”奖有感

莫言[1]男儿勇夺魁
开先河
呦呦屠妇[2]喜折桂
显英姿
华夏自古出英豪
能上九天揽月
能下五洋捉鳖
敢教日月换新天
看今朝
“诺”奖征程
有星光引领
何惧前途坎坷
如若“诺”委秤天平
明日

神州大地
定会“诺”奖连连

注：①莫言，中国人，2012 年诺贝尔文学奖获得者。

②屠呦呦，中国人，2015 年诺贝尔医学奖获得者。

（2015 年 11 月）

你和我

——写给怀集的一名企业家

你的敏锐、卓见
洞悉了
这片丰腴的原始沃土
携着一把种子
撒播出
一桶光灿灿的金子
打造了
一块金漆招牌
你的形象
从此
迎着怀岭的煦风
招展

我的博大情怀

无私奉献和充沛甘露
哺育你
长成了参天华盖
你的心灵手巧
装扮得我
美丽多姿、魅力四射

雅豪庭苑、悦景康城
燕城酒店、惠而佳超市
点缀在洊江怀抱
耀眼璀璨
与星光同辉
与繁花竞放

怀岭的精气
洊水的灵气
将你我
连成一体
共饮一江水
共筑一个梦

你的腾飞
有我的依托

我的发展
有你的支撑
让我们携手征程
共奔中国梦

（2015 年 10 月）

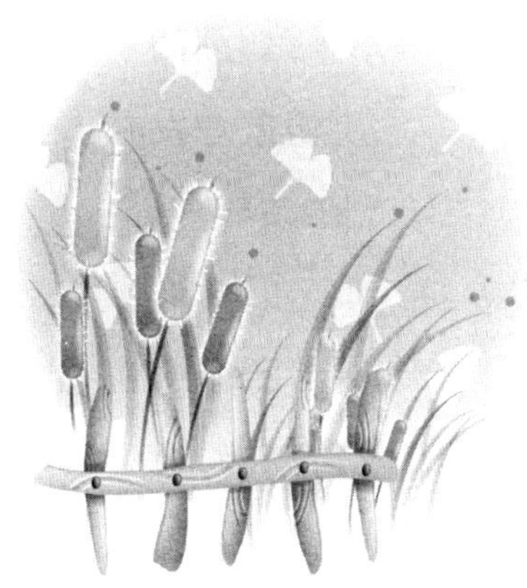

海之子

——纪念诗人海子

你
心似大海
诗如潮涌
声浪振聋发聩
在巅峰时刻
你
飘然跃上快轨
奔赴海边
留下的“大”字标识
读后
令人唏嘘

春暖花开
你

置身花丛
赏百花争艳
倚立窗台
凝望大海
阳光、笑靥

此刻
奉上我
虔诚的祈祷
和敬仰

（2016 年 3 月）

清明随感

雨淅沥
溅在身，刺着心
彳亍的脚步
荒丛里寻宗问祖

拨开茂密的岁月
解读盘根错节的脉络
思绪如泉，情丝似水
虔心梳理祖先的来龙去脉
喧闹的岭头
不时触碰着孤独的情感

云卷雾聚
父母携着祖先的叮咛
托付春雨

冀望
绿叶漫山，红花遍地

（2016 年 4 月 1 日《新怀集》）

劳动者之歌

一八九〇年
你终于有了自己的节日
鲜花为你盛开
大地为你放歌
百花丛中
你一枝独傲

士农工商
三教九流
无分高低
无论尊卑
时代赋予了同一个名字——劳动者
劳动是你的美德
奋斗是你的乐趣
你是永恒的主题

不朽的乐章

神秘的金字塔
雄伟的万里长城
是你的杰作
飞船遨游太空
蛟龙潜航深海
是你的骄傲

历史已为你立传
时代已为你定位
你是国家的主人
财富的创造者
发展的推动力

（2016 年 4 月 6 日《中国诗歌网》）

致“劳模”

你是普通的劳动者
劳动者的佼佼者
胸前的红花
是你心血的绽放
手中的证书
是你付出的记录

你的念头
平常却不寻常
你走的路
普通但不普遍
你是抗灾抢险的先锋
勤劳致富的领头羊
前进的标杆

追随着你
认不出你面容
叫不出你名字
唯有称你为“劳模”
在劳动者狂欢的日子
抬起你
在欢乐的海洋中
巡游

（2016 年 4 月 7 日《中国诗歌网》）

圆明园

坚硬厚重的城郭
成了残垣断壁
东方的文明
遭野火
毁于一旦
留下一堆碎石
哀号
腐朽的王朝
屈辱的历史
不堪回首

一群游人
在废墟上抢镜
我两腿灌铅
面对残墙凭吊、沉思

中华民族
龙游浅滩
难免虾戏
历史潮来汐去
东方的巨龙
正蓄势待发

（2015 年 9 月）

汨罗江魂

——悼屈原

汨罗江岸
你凝望远方
把满腹的心思寄怀《离骚》
蹈着《九歌》朝《天问》
你满腔的情怀
苍天知否，朝廷知否
你的忧国忧民
谁懂你心明你志

面对山河破碎，人民蹂躏
煎熬的灵魂愤然抽身
跃入滔滔激流
滚滚汨罗
从此注入了江魂

汨罗江
汨汨流淌了千百年
仍流不尽忠良泪
滚滚江水
淘尽了千古风流
却洗不掉
楚大夫的家国情怀

端午的节日
飘满了粽子的清香
端午的汨罗江
涌动着诗人的吟唱
那是
为你而舞，为你而歌
不屈的江魂
伟大的诗魂

（2016 年 4 月 25 日《中国诗歌网》）

别了，忠实

——送别作家陈忠实

忠实此去
再无忠实
唯有《白鹿原》的丝丝呜咽
名字忠实
品质诚实
作风朴实
忠实地走完了人生

走得安静
你说这一刻不是最难熬的
最难的是
熬下未来的生活和日子
你无限热情和渴望熬下去
熬出滋味来

忠实走了
人们以忠实的心敬挽
以忠实的目光告别

(2016 年 5 月 3 日《中国诗歌网》)

忏　悔

——母亲节致母亲

每次替你做节，你总有借口推搪。
为你庆生，你说会折寿。
为你筹办婚庆纪念，你说忘了日子。
我知道，你心疼。
拮据的儿子，为这一天，得省俭一个月。
从此，变得心安理得，我不问你不提。
顺了你心，却逆了天意。
少做一次节，少一分喜庆，多一分遗憾。
如今，每逢佳节，我心忐忑。天堂之上，你安好？

（2016 年 5 月 5 日《中国诗歌网》）

又闻粽香

又近端午，又闻粽香。

蛟龙闻风而起，抖落身上的惺忪，整装待发。

欢声，掀起层层浪涛，带出一派节日的喜庆。

遁香追望，庭前院后，母亲忙碌的身影，若隐若现。

待到深处，孩时的欢欣已跃然眼前。

我曾把整个春天，托付给一丛芒芽，洒下急切的目光，期待着一片婆娑。

悄悄地，母亲已把那一份期盼藏进心窝。并将它捂熟捂香，静待收获那一脸的惊喜。

儿时，因飘香而思念。儿后，因怀念而飘香。

（2016 年 5 月 26 日《中国诗歌网》）

激情六月

——致毕业季

六月的天空
湛蓝明朗
那是蓝天召唤雄鹰展翅
六月的鲜花
格外娇艳
那是
献给辛勤园丁的礼物
献给成长路上
陪伴左右的父母的心意

六月
是放飞梦想的日子
千万颗雄心
演绎出五彩的缤纷

六月
属于青春
属于激情
属于卸掉樊篱
走向世界的时刻

六月
是人生的一个转折
彼此互祝珍重
互道再见
期待下一次相会

六月
最叫人牵肠挂肚
最令人欣喜若狂
六月的记忆
最深刻
最让人回味

（2016 年 6 月 22 日《中国诗歌网》）

美丽的背后

——迎 4 号强台风“妮妲”

八月的大地
溢满了阳刚之气
你慕名而来
为你的光临
他们列队迎候
一睹你的娇容

阵容强大的队伍
却令你芳容失色　方寸大乱
只匆匆一瞥
就掩面而逃
美丽背后
却拽下狼狈的身影

美丽

有时只可远观

却不能近看

（2016 年 8 月 3 日《中华诗歌网》）

七　夕

日子
虽遥遥无期
但有它在
希望就在

牵挂着
惦记着
彼此相望却难相聚
那种苦
唯有切肤者懂

三百六十五天
只为这一天的承诺
哪怕千山阻隔
地老天荒

依然不改

相见不易
相聚更难
千百年的风雨磨砺
初心依旧

飞船升空
卫星落地
牛郎与织女
终将告别
那份相思之情
别离之苦

（2016 年 8 月）

雨　夜

雨声
敲碎了一场春梦
雨歇
四周静寂
偶闻呓语游荡
雨水洗掉心的迷雾
冲走困倦的睡意
心境
格外亮敞

（2016 年 8 月）

夜，最懂黑白

夜
别以为它迷糊
不辨东西
其实
它心如明镜

有人把它
看作庇护所
有人把它
看作欢乐场
更多是
看作一方休憩地

睡得香甜
不知夜的黑

辗转反侧
才懂夜的长
安顿住躁动的心
才察觉
夜的静谧
夜的深邃

夜
周而复始
把白天拢进怀里
打磨
把黑暗亮给白天
晾晒

（2016 年 8 月 1 日《中华诗歌网》）

耕　夜

一点一滴
在这块无垠的黑土地
耕耘
摘星星，舀月光
装在永恒的记忆里
照耀夜空
闪亮人生

有些人
在夜里忙着
在 K 房里挥霍
在酒精中挥洒
在方桌上挥金
有的人
却在书房里挥汗

吸纳、充实
地点不同
精彩一样
付出一样
收获不同

（2016 年 8 月）

今夜无眠

窗外窸窣的脚步
踏碎了一帘幽梦
今夜无眠
无眠的夜
四处窥探
夜的无眠

宽敞的夜幕
罩得烦嚣的白天一丝不显
零乱的灯光
刺得黑夜支离破碎
一弯清冽的月牙
孤悬在苍茫的夜空
一只失宠的小狗
在空旷的街道

浪荡
混沌深处的夜猫
传出刺耳的叫声
梦呓
遛出禁锢
争先恐后在密匝的裙楼
相互追逐

夜其实很脆弱
东边一丁亮点
就刺破了整个黑夜
亮光扩散
夜
被推搡着
一步步朝西边退却
疲惫的夜
枕着日出
沉沉睡去

（2016 年 10 月 14 日《中华诗歌网》）

为中国女排喝彩

天，高不可攀
海，深不可量
有意志与毅力
可上天摘星
入海擒龙
刚强与坚毅
化作了神奇的力量
中国女排姑娘
成为里约赛场上
耀眼的亮点

一路的险象环生
一路的顽强拼搏
成就了一个个传奇
里约的金牌

承载了中国女排
沉甸甸的意志和力量
中国女排精神
为奥运精神
增添了
夺目的光彩

（2016 年 8 月 22 日《中国诗歌网》）

感恩九月

——致教师节

大地
以丰茂感恩雨露
鲜花
以芬芳感恩园丁
九月
以盛装点缀师恩

向你的无私奉献
致敬
为你的辛勤付出
致谢
奉上你的节日
祝福

璀璨的夜空下
你默默地耕耘
你孤灯独坐的倩影
编织出五彩的缤纷

当雏鹰离巢展翅高飞
当满园花朵芬芳吐艳
你绽放的笑靥
温情可人

站在
九月的起点
迎着
簇拥而来的渴求
你激情满怀
豪迈地踏上新的征程

（2016 年 9 月 9 日《中国诗歌网》）

中秋赋

小时候，盼中秋
为的是尝到一口诱人的月饼
长大后，盼中秋
为的是感受一番浓浓的节日气氛
人到中年，迎中秋
为的是享受人伦之乐
月圆月缺，年年岁岁都不变
心境心情，岁岁年年却不同
年年中秋，岁岁月圆
年华在变，情怀不变

（2016 年 9 月）

酒　樽

轻轻举起
浓烈的热情
乡情、友情、虚情、假情
粉墨登场
推杯换盏
一场盛筵
演绎得惊天动地
举起轻易
放下沉重
沉重得脚步踉跄

曾几何时
与你朝夕共处
形影不离
那段困顿的时光

沉醉你的软玉里
彼此的纠缠
却被推窗而来的一缕阳光
击碎

酒樽虽小
却盛着人间百态
酒量不大
却胸襟宽广
世间的喜怒哀乐
你
笑纳怀中

（2016 年 10 月 8 日《中华诗歌网》）

燕之舞

——怀集燕舞广场抒怀[①]

千呼百唤
你终于破巢而出
千万双期待的目光
紧紧地关注
你的成长
牵动着百万人的心

暑去秋来
你乳毛蜕去
羽翼渐丰
当朝阳冉冉升起
你展开矫健的身姿
振翅高飞

三江会聚
洊江之滨
你的倩影
风姿绰约
人们
缱绻流连
伴随你的节律
翩然起舞

注：①燕舞广场，是怀集县城、洊江河畔群众悠闲娱乐活动中心之一。

天眼闪亮

——为“平安怀集”而作

一双双鹰眼
令犯罪分子无处遁形
一对对天眼
把作恶分子暴露在光天化日之下
怀集风平浪静
源于有一堵钢铁般的城墙
怀集安居乐业
皆因有一支精锐的干警
怀集攻坚克难
皆因有一股精诚团结的力量

别以为
做得神不知鬼不觉
天网恢恢疏而不漏

别以为
避过了初一
就自认身手不凡
一张无形的网
已撒开
逃过了初一
却逃不过十五
最狡猾的猎物
也难逃猎人的眼睛
最精明的罪犯
也逃不出干警的掌心

天眼闪亮
明剑高悬
别长邪念
别抱侥幸
别伸黑手
伸手必被捉
犯科必被擒

循规矩，敬法纪
怀善心，行善事
才能立身

才能立德
才能成事

怀集
是怀善集德的洼地
登高望远的高地
是普罗大众的福地
作恶分子的绝地
有了神盾的庇护
怀集
山常绿
水常清
人间常欢笑

（2016 年 9 月）

深山凤凰

——贺怀集冷坑跻身全国重点镇

你的名字
生冷、偏僻
当年
下乡青年曾闻而却步
如今
你山鸡变凤凰
跻身全国重点镇
令人惊羡

几十年的风雨
凭借东风
乘着南风
勤奋的冷坑人
把荒凉的原野

打造得
瓜满地、果满树
粮满仓、林满山
乘着“和谐”的号子
你走遍大江南北
畅行五湖四海

冷坑
名不符实
荣耀
实至名归

（2016 年 9 月）

朝阳与落日

朝　阳

五彩的朝霞
簇拥着你
喷薄而出
苏醒的万物
拥抱你的辉煌
露珠睁开晶莹的眼睛
海水披上粼粼的波光
群山挺起了伟岸的身躯
大地因你增辉

从孕育到新生
从默默无闻到光芒四射
背后
是漫漫的长夜
无边的黑暗

恐惧随时偷袭
陷阱随处可遇
灵与肉经受着
冰火的煎熬

你的朝气
给生灵注入了活力
给万物带来了生机

落　日

披着一身彩霞
步履蹒跚
一步步地隐退
曾经的辉煌
随月光的来临
渐渐收敛
此刻
你已珍藏好所有的光芒
让辉煌
留待明天

（2016 年 10 月）

第四辑

往事如烟

追逐梦想

曾为一条鲜艳的红领巾
采撷了九十九朵朝霞
换来了热烈的青睐
从此
携手并肩
沿着明媚的春光
争做毛主席的好孩子
争当贫下中农的好儿女
希望成为
一代有文化的劳动者
《我们是共产主义接班人》
伴随着悠扬的乐曲
好好学习、天天向上
在贫下中农的校园
勤奋学习文化知识

在广阔的农村天地
努力掌握劳动技能

学会 ABC
回家担畚箕
懂得数理化
返乡扛犁耙
贫下中农上案头
知识分子下田头
广阔的农村
大有我们的作为

在青春的起点
奋力启动引擎
起航追梦
抱着一个梦想
把荒废的光阴唤醒
用一年的时间补十年的功课
挤在千军万马的狭道上
为百分之十的概率
发起猛烈的冲刺
为命运找出路
为人生争名誉

金榜题名
锣鼓喧天
荒芜的族圃里
盛开了鲜艳的奇葩

在三尺方台
我用心耕耘
为的是这份神圣　这份光荣
每天
托着一轮朝阳
挽着一片晚霞
赏初更月，闻五更鸡
用青春的热血
哺育得花儿
芬芳吐艳
青春的汗水
浇灌得桃李
灿烂如殷

十年的春秋
仰望夜空
繁星点点

待到桃李满园
芳香四溢
我悄然离去

放下了
白色的梦想
又欣然踏上
红色梦想的征程
探寻
毛泽东的立国之道
邓小平的兴国之路
习近平的强国之梦
有梦
才有希望
有梦
才有未来

（2014 年 6 月）

打泥仗

收割完金灿灿的喜悦
余下是童趣的乐土
仿效战斗片里的情节
在散发着五谷芳香的田野
展开了生死的较量

脚下是遍地的弹药
身上是满布的弹痕
坚守住阵地
顽强地战斗
没到疲惫的一刻
决不倒下

血红的残阳落下
黑夜吹响号角

鸣锣收兵
彼此拖得疲累的身躯
遍体鳞伤
被关进了家的俘虏营
接受父母的惩罚

岁月刻录的童年拷贝
早已封存在成长的记忆
时光在寂静的角落
慢悠悠地品嚼

（2016 年 4 月 21 日《中国诗歌网》）

人欢·水跃

小河逶迤
岁月潺潺流淌
曾经的暴戾
已驯服
甘甜的河水
已成经年的陈酿
当年的激情与干劲
伴随着“好好学习、天天劳动”的号子
起舞

一九七四年的腊月
我们扛起等重的锄头
挑起齐腰的畚箕
跨出校门
战天斗地
在遍插旗帜的冷坑河

掀起改河大会战

《我们是共产主义接班人》
歌声与激情共舞
我们
挑着高涨的热情
抡起飞舞的干劲
垒起了一段段喜悦
凛冽的寒风
挥洒成如雨的汗珠
忸怩作态的河道
在众人的嘲笑声中
挺直了腰杆
欢腾跳跃的清流
沿途谱下了丰收的曲子

四十多年的光阴
岁月风干了
曾经的激情
时光已凝成了两鬓的银霜

（2016 年 5 月 9 日《中国诗歌网》）

同桌的你

朴素里
藏着一颗骚动的心
桌面正中的红线
拉开了彼此的距离
也系住了彼此的真心

绽放的情丝
突破思想的樊篱
欣然勃发
枯燥的年代
你的娇容
映照得我容光焕发
我的灵气
浸润得你如花似玉

我为羡慕的目光自豪
你为嫉妒的眼神骄傲
青涩的果子
给了我们
苦涩的回味

（2016 年 4 月 29 日《中国诗歌网》）

队部里的灯光

一天的劳作
准时于八点登记
我如父亲的书童
准时为他开门、开灯

昏黄的灯光下
父亲忙得一丝不苟
记录社员一天的工值

见着光源
孩子们如飞蛾扑火
围着灯火嬉戏
我却伏在桌旁
听候父亲差遣

父亲微恙的日子
担子却压在
我弱小的肩上
我只得代父从笔
权当一回记工员
我不负众望
赢得了社员的一致赞许
队长跷起大拇指
称道“贫下中农学校的人顶用”。

（2016 年 5 月 31 日《中国诗歌网》）

一支笔

那年头
胸前别一支笔
如同穿上一件新衣
光彩夺目
父亲
却将那支秃笔
藏进衣袋
羞于张扬

父亲那支笔
是奶奶独自艰难地
从泥土里抠出来
父亲用了三个月的心血
注上了笔墨
而后

成了生产队里的笔杆子

一年四季
他的笔头追随着犁头
起早摸黑躬耕在田头
用汗水垒起了一座座谷山
用心血记下了一串串心声
靠着这支笔
父亲撑起了沉重的一个家
撑起了笔挺的人格
这支笔
伴随着他
潇洒了
五十多个春秋

（2016 年 4 月 24 日《中国诗歌网》）

老支书

老支书
行伍出道
复员后
由民兵营长
磨炼成村支书
当年参军
全家光荣
升任支书
全村荣光

支书养成了军人的气质
作风雷厉
行事果断
实行家庭联产承包责任制
他首先响应

实行计划生育
他勇当表率
任期届满
他准时交印

退了职
他余威犹在
余热不减

（2016 年 5 月 31 日《中国诗歌网》）

煤油灯下

煤油灯下
我聚精会神
倾听
父亲与军人母亲的
对白

父亲深情地
读着军人的回音
柔弱的身子
演绎出军人的风采
读得军人母亲
笑靥绽放，笑逐颜开
转身
父亲又妙笔生花
把军人母亲的思念

化作奋进的号角
让远方的军人
扎根边疆
守护和平
勇创新功

父亲写就的书信
读给军人母亲
读给远方的军人
也读给一旁的我
自此
军人成了我的榜样
军人成了我的梦想

（2016 年 5 月 31 日《中国诗歌网》）

故园已矣

弯月
透过璀璨的夜空
寻找
晒谷场上嬉戏的童年
搜寻
丢失在喧闹街市的少年
当年的伙伴
早已离开枯萎的良田
洗脚上岸
梦寐以求的市民
轻而易举地扣到了
村民的头上
而此刻
祖辈生根的故土
已消失殆尽

故园去矣
犹存的
是故乡的记忆

（2015 年 6 月）

家乡的泉水

你柔软的身姿
以不屈的毅力
穿透层层重压
咕咕地
把地心的关爱
馈赠
每一个慕名而来的人

你的话语
温暖得家乡
如沐春光
茁壮繁茂
一代代乡亲
啜着你的甘甜
走南闯北

开枝散叶

你细微的心声
激荡着
时代的强音
遍播在
五湖四海

（2016 年 9 月 22 日《中国诗歌网》）